KB195184

세상의 모든 혜영과 반려된 이들에게.

사랑에 관한 이야기

사랑에 관한 이야기

초판 1쇄 발행 2025년 2월 14일
ISBN 979-11-982752-6-4

지은이 나나용
편집·디자인 서용재
펴낸이 서용재

펴낸곳 나나용북스
출판등록 제2023-000070호
전자우편 nanayongbooks@gmail.com
출판사 인스타그램 @nanayongbooks_publisher
출판사 인스타그램 @nanayong_daily

홍보 지원 구세나 서용선 임정미 정소연

사랑에 관한 이야기

지은이 나나용

나나용
북스

당신은 사랑이

뭐라고 생각하세요?

이 책을 펼친 당신께.

안녕하세요. 앞표지를 펼쳐, 이 곳까지 오신 당신에게

무턱대고 질문해요. 진부할 만큼 흔한 질문이네요.

그런데 진부한 이 질문에 대한 정확한 답이 있으신가요?

저는 생각하면 할수록 정확한 결론을 낼 수가 없었어요.

답을 찾아 헤매다 "이런 것도 사랑일까?"라는 질문을 염두에

두고 이 책에 실린 두 이야기 "햄스터"와 "반려된 식물"을

적었어요. 그리고서 저만의 답을 찾았지요.

이제 당신도 이 책을 읽으며 자신만의 답을 찾으시기를

바라요. 아예 결론을 짓지 못하는 답이든, 그 어떠한 답이든

나 자신만의 답이었으면 좋겠어요.

그럼, 이야기 속에서 만나요.

사랑을 듬뿍 담아,

나나용 올림

차 례

햄스터

반려된 식물

햄스터

인생의 동반자

목소리부터 심장 박동,

숨소리까지도

귀 기울여주는 인생 동반자가

드디어 생겨난 느낌이랄까.

혜영의 인생이 항상 이리도 고달프지는 않았다. 나름 어렸을 때는 꼬까옷도 몇 번 입어본, 딸 둘인 집의 막내였다. 원래 막내는 남부럽지 않은 사랑을 받고 자란다지만, 혜영의 부모님은 아들을 가지려다가 '실수'로 또다시 딸을 임신했다. 그래서 혜영이가 딸이라는 걸 안 순간부터 그녀를 그리 달가워하지 않았던 모양이다. 물론 혜영의 언니가 더 예쁘고 공부를 잘했기 때문에 혜영을 보고 있자 하니, 못 낳은 아들이 더 생각났을 수도 있다.

혜영은 애매하게 2월 중순쯤에 태어났다. 맞벌이였던 부모님은 여러모로 잘됐다 하며 혜영을 학교에 1년 일찍

입학시켰다. 그래서 학교 친구들은 모두 혜영보다 한 살이 더 많았다. 공부 머리가 있는 편은 아니었던 혜영은 어영부영 고등학교를 졸업했고, 부모님은 장학금을 받는 게 아니라면 굳이 대학에 갈 생각은 하지 말라고 신신당부했다. 안타깝게도 혜영에게 장학금을 준다는 학교는 없었다.

혜영은 부모님께 재수하겠다고 했지만, 일자리를 찾는 게 낫다고 주장하던 혜영의 부모님은 재수 학원이나 인터넷 강의 비용을 대줄 수 없다고 엄포를 놓았다. 혜영은 장학금을 주는 대학에 가기 위해 공부해 보려고 했지만, 한창인 나이에 책상에만 앉아서 공부하는 게 어렵게 느껴졌다. 그렇게 어영부영 또 한 해가 지났다.

해마다 날이 추운 수능 날이 다가왔지만, 혜영은 스스로 준비가 되지 않은 것 같아 수능을 보지 않았다. 혜영을 영 탐탁지 않게 보던 부모님은 혜영의 하나뿐인 은행 계좌로 2,000만 원을 송금해 주며 뭐라도 혼자서 해보라고 그랬다. 그리고 열심히 하지 않을 거라면, 꼴도 보기 싫으니 원룸을 구해서 살라고 말했다. 나이가 한참 더 많은 혜영의 언니에게는 나가라고 말한 적도 없으면서 말이다. 보라는 듯이 혜영은 바로 저렴한 원룸을 찾아 이사했고, 그 길로 혜영은 집 떠나 홀로 생활했다. 혜영도 이제는 부모님이 꼴도 보기 싫었다.

스물한 살이 되던 해에, 부모님은 각박한 도시가 진절머리 난다며 외딴 시골 동네로 이사를 했다. 명절 때에만 가끔 내려가서 관리만 해주던, 친할머니가 남겨주신 집이었다. 원래 살던 집은 언니의 차지가 된 것 같았다. 사실 혜영도 딱히 묻질 않았으니, 정확한 내막은 몰랐다.

어느새 명절이 돌아왔고, 혜영의 엄마는 언니가 명절에 맞춰 시골집에 며칠 있기로 했다는 걸 알려줬다. 그래서 혜영은 명절 직전에 맞춰서 시골집으로 내려갔다. 마을버스까지 여러 번 갈아타고 나니 저녁 시간이 다 되었다. 그래도 막상 오랜만에 보는 부모님의 얼굴이 생각보다 반가웠다. 그새 엄마와 아빠가 조금은 더 늙은 것 같기도 했다.

　오랜만에 엄마가 차려주는 식탁에 앉았다. 식사를 마치고 아빠와 함께 텔레비전 앞에 앉았고, 엄마가 건네준 홍시를 먹었다. 방송에 대기업 연봉 인상에 대한 뉴스가 잠깐 나왔다. 그리고 엄마는 뉴스 얘기를 하다가 샛길로 빠져서 요즘 언니의 근황을 아주 상세하게 알려주었다. 대학원을 졸업하자마자 대기업에 취직해서 돈을 기가 막히게 잘 벌고 있다고 했다. 용돈을 늘 두둑하게 보내준다고 했다. 그리고 나중에 누가 데려갈지는 모르겠지만, 정말 운수 좋은 놈인 거라고 강조했다. 엄마는 혜영이 피곤해 보인다며 자고 가라고 했지만, 혜영은 집에 가봐야 한다는 변명을 남기고는 새벽 시간에 출발하는 고속버스를 타고 터미널로 돌아왔다. 덜컹거리는 버스를 타고 돌아오는 내내 혜영의 눈은 아무리 감고 있어도 자꾸만 따갑게 느껴졌다.

혜영은 아르바이트하며 근근이 살아갔다. 대학에 갈 학비를 벌려고 시작한 일들이었다. 그런데 돈 쓸데가 왜 이리도 많은지. 통신비 3만 9,000원, 관리비 3만 5,000원, 교통비 약 7만 원, 월세 60만 원, 생필품 5만 원, 여성용품 1만 5,000원. 남는 돈으로 사고 싶은 것까지 사고 나면 통장 잔액은 언제나 100만 원을 넘지 못했고 급급한 마음뿐인 혜영은 시급이 가장 높았던 피시방에서 야간 근무를 시작했다.

　여느 때와 다르지 않던 어느 날, 피시방에서 어느 남자가 혜영에게 휴대전화 번호를 물었다. 피시방을 자주 오갔던 손님이라 얼굴이 눈에 익었다. 커피를 마시자길래, 혜영은 딱히 거절할 이유가 없는 것 같아 함께 커피숍으로 향했다. 커피를 다 마시고 나니, 남자는 혜영에게 밥이나 먹자고 그랬다. 밥을 먹으며 맥주 한잔을 했고, 남자가 전부 계산했다. 남자가 이번에는 아쉽다는 핑계로 술을 한 잔 더 마시자고 했다. 적어도 술은 혜영이 사야 할 것 같은 부담감에 피곤하다고 둘러댔지만, 남자는 자신이 쏘겠다며 혜영을 꼬드겼다. 어쩌다 보니 혜영은 남자와 포차로 향하고 있었고, 어느샌가 함께 무인 모텔에 들어가고 있었다.

그날부터가 두 사람의 1일째이었다. 남자는 30대 중반이었다. 사실 정확한 나이는 알려주지 않으려 했다. 그냥 혜영보다 까마득히 나이가 많은 30살이라고 했고, 눈가의 미세한 주름을 보면 30대 초반으로는 안 보여서 30대 중반일 것 같았다. 어차피 사랑하는 데 나이가 뭔 대수인가 싶어서 혜영은 남자의 나이가 크게 궁금하지는 않았다.

혜영은 1일째 날부터 함께 하고 싶은 것들을 일기장에

빼곡히 나열했다. 놀이공원에서 인형 선물 받기, 하얀 리본이 묶인 빨간 장미 한 송이를 선물 받기, 레이스가 달린 앞치마를 입고 맛있는 파스타를 해주기와 같은 사소한 것투성이였다. 그런데 남자는 그런 사소한 건 싫다고 했다. 자신을 '집돌이'라 칭하며 늘 모텔에서 놀기를 원했다. 혜영은 집을 좋아한다는 남자를 위해 남자의 집에 가자고 제안해 보았지만, 남자는 자기 집에는 부모님이 계신다며 안 된다고 단호하게 말했다. 그렇다고 남자를 혜영의 집으로 부르기에는 집 상태가 늘 엉망이었다. 더군다나 혜영은 모텔 데이트가 나름 만족스러웠다. 침대에서 서로의 몸을 어루만지고 난 후에 이런저런 농담 따먹기를 하며 시시콜콜하게 이야기하다 보면, 야간에 일하며 받았던 스트레스도 풀리는 것 같았다.

머지않아 혜영에게 뜻밖의 '선물'이 찾아왔다. 아기였다. 혜영은 이럴 때는 어떻게 해야 맞는 건지 익명 사이트에 물어봤다. 그리고 요즘 추세에 아기는 당연한 혼수라고 적힌, 얼굴도 모르는 사람의 첫 댓글이 혜영의 가슴을 두근거리게 했다. 혜영은 설레는 마음으로, 왠지 모를 눈치를 살피며 남자에게 조심스레 말했다. 임신했다고. 그러나 기대와 달리 남자는 분노했다. 물건을 집어 던졌다. 모텔에 변상을 해줄 정도였다.

혜영은 왠지 모르게 이 모든 게 자신의 탓만 같았다.

임신한 건 혜영이었으니까.

　　곧바로 모텔을 나왔고, 남자는 생각을 해봐야 한다며
돌아서서 자기 집으로 향했다. 그렇게 남자는 연락
두절이 되었다. 돌이켜보니 정확히 아는 건 남자의 얼굴,
이름과 휴대전화 번호뿐이었다. 남자의 휴대전화가
꺼져 있다는 친절한 안내음을 들었을 때, 혜영은 매우
걱정했다. 며칠을 전전긍긍하며 생각날 때마다 전화를
걸어봤다. 수화기 너머로 누군가가 전화를 받았을 때는,
한 줄기 희망을 느낀 듯했다. 그러나 남자를 모르는
어느 할머니가 혜영이 전화를 잘 못 건 거라며, 이번에

휴대전화를 새로 구입하면서 만든 번호라며 혜영에게 계속 설명했다. 휴대전화 번호를 바꾸셨다는 할머니가 혜영에게 딱하긴 한데, 이제 그만 전화하라고 짜증을 버럭 냈을 때 드디어 실감이 났다. 그리고 남자가 혜영을 버렸다는 걸 납득했다.

버려지고 난 첫 2주간 남자를 찾으려고 애썼다. 늘 가던 모텔 주변을 몇 날 며칠 동안 서성였다. 피시방 아르바이트가 끝난 후에는 그 앞에서 몇 시간을 죽치고 앉아있어도 보았다. 첫 데이트 때 술을 마셨던 포차에도 가봤다. 그런데 혜영의 노력으로는 남자를 찾을 수가 없었다.

다행히도 혜영은 포기가 빨랐다. 낙심은 하지 않기로 했다. 남자를 굳이 찾을 필요가 있을까 싶었다. 아기를 없애야겠다는 생각이 일시적으로 들었지만 버려지는 고통을 아는 혜영이는 아기에게 같은 상처를 안겨주기가 싫었다. 결국 아기는 낳아서 잘 기르면 된다는 생각까지 이르렀다. 모두에게 보란 듯이 말이다.

부모님께는 연락하지 않았다. 연락한 지 어언 일 년이나 넘은 시점에서, 이런 것 때문에 전화하면 혜영을 나무랄 게 뻔했다. 명함 내밀면 알아주는 직장에 취업한 언니와 비교할 게 당연했다. 그리고 이럴 때만 연락하냐고 나무랄 것도 뻔했다. 나중에 알게 될지언정,

당장 알리는 것은 혜영과 아기에게 득 될 게 없었다.

혜영은 인터넷 포털 사이트에 '미혼모'를 검색해 보았다. 혜영은 국가라는 게 이럴 때 찾으라고 있는 것이 아닌가 싶었다. 아니나 다를까, 한부모가족 정책이라는 게 있었고, 미혼모를 위한 정부 사업도 진행한다고 했다.

신청할 수 있는 건 모조리 다 신청했다. 떼어야 하는 서류가 참 많았다. 그렇지만 아기를 위한 것이니 동사무소를 비롯한 여러 기관을 힘든지 모르고 다녔다. 임신, 출산 비용, 산모 건강관리 비용, 생활비 등을 지원받아 가며 생활했고, 병원 진료도 때맞춰서 받았다. 누군가가 뼈 빠지게 번 돈으로 낸 세금을 받는다고 생각하니, 그 책임감이 아주 막중했다. 혜영이 정부지원금으로 나오는 액수를 계산기 자판기에 두드려 넣을 때마다, 아직은 티 나지 않던 배가 갈수록 튀어나오는 것만 같았다.

피시방 사장에게 임신한 것을 들킨 날부터 혜영은 더 이상 일을 못 하게 되었다. 피시방 사장이 여기 손님들은 임산부를 어려워한다고 했다. 다른 데를 알아보려고 노력했지만, 배가 이미 불뚝 튀어나온 임산부를 그 누구도 받아주지 않았다. 나중에는 만삭의 몸이라 마음대로 지하철 계단을 오르락내리락하는 것도 발목이 아파서 대부분의 시간을 집에서 보냈다. 아르바이트를 그만두니 걱정해야 할 정도로 돈이 궁해졌지만 어쩔 수 없었다. 정부지원금이 있어 그나마 끼니는 챙겼다.

곧 출산했다. 배가 너무 아파서 119를 불렀고, 우량아로 잘 자라준 덕분에 순산은 아니었다. 절대로 다시 아이를 낳고 싶은 생각은 없었지만, 혜영은 우렁차게 울어 젖히는 아기에게 무척 고마웠다. 이 작은 생명이 혜영의 뱃속에서 지낸 10개월의 시간 동안 나름 행복했기 때문이다. 목소리부터 심장 박동, 숨소리까지도 귀 기울여주는 인생 동반자가 드디어 생겨난 느낌이랄까. 이제는 세상에 나와버렸지만, 혜영에게 아기는 아직도 자신과 하나인 것처럼 느껴졌다.

순둥이

세상의 찬 공기를

조금 마시고 나니

혜영을 향한 아기의 마음도

덩달아 차가워진 듯했다.

역시 아기를 키운다는 건 쉽지 않았다. 혜영은 이제야 부모님의 심정을 이해할 것만 같았다. 왜 혜영의 탄생을 달갑게만 느끼지 않았던 건지, 왜 '실수'라고 칭했던 건지. 이렇게나 시간과 돈 그리고 힘이 많이 드니 그럴 만도 했다. 한 편으로는 아기가 너무 예뻐서 더욱더 이해가 가지 않았지만 말이다.

출산하고 갓 한 달이 지나고 계산해 본 생활비의 총계가 혜영의 마음을 조급하게 했다. 아기를 낳은 지 한 달밖에 지나지 않았지만 다시 아르바이트 일을 해볼까가 고민이었다. 산부인과 데스크에 진열되어 있는 팸플릿에서나 보던 산후조리원 같은 데란, 여유 있는 자들이나 가는 데인 게 분명했다. 그렇지만 혜영이 아르바이트를 하면 아기를 맡길 곳이 없었다. 아기를 직접 돌보면서 생활할 수 있는 돈을 당장 마련하기 위해 지금 사는 집의 보증금 2,000만 원을 빼기로 했다. 그다음, '제일 집값 싼 데'를 검색했다. 부동산 연락처가 몇 개 떴다. 그 중 첫 세 개 연락처에 전화해서 당장 들어갈 수 있는 가장 싼 집을 찾아달라고 했고, 그중에서도 가장 저렴한 반지하 원룸을 선택했다. 천장에 닿기 직전 높이에 달린, 책 한 권만 한 창문 하나, 냄비 한 개 올릴 수 있는 가스레인지와 페트병 몇 개 들어갈 만한 작은 냉장고. 안방이자 거실이자 주방인

방에 딸린 화장실 하나, 이 4평 남짓한 공간이 이제 혜영과 아기의 아늑한 둥지가 될 것이었다.

옮길 짐은 많지 않았다. 몇 없는 아기용품, 이불, 접이식 낮은 테이블, 그릇, 식기, 옷과 잡동사니가 든 상자 하나가 다였다. 이사하고 혜영은 바로 저소득층, 한부모 가정이 받을 수 있는 정부지원금을 모두 받고 있는지 재차 확인했다. 혜영이 티끌까지 긁어모아 한 달씩 살아내는 게, 그리고 아기는 한 달씩 건강하게만 자라주는 게 서로의 중대한 역할이었다.

혜영의 아기는 순둥이로 자라고 있었다. 전혀 울지도 않고, 그렇다고 웃지도 않는 과묵한 아기로. 아기의 웃음이 보고 싶어 까꿍 놀이도 해보고 우스꽝스러운 표정도 지어보았지만, 아기는 그런 혜영의 노력에 별 관심이 없어 보였다. 이럴 때면 혜영은 내심 아기에게 서운했다. 배 속에 있을 때만 해도 모든 걸 공유했는데. 세상의 찬 공기를 조금 마시고 나니 혜영을 향한 아기의 마음도 덩달아 차가워진 듯했다.

가끔은 이렇게 서운한 마음이 밀려와도, 아기는 혜영의 삶의 원동력이었다. 아기가 없다면 살 이유도 없었다. 이전에는 도대체 어떤 것에 의지해서 살았던 건지. 그냥저냥 살았던 걸까. 더군다나 인생의 헛됨을 나눌 수 있는 존재를 자기 몸으로 만들어 낸다는 게 얼마나 놀라울 따름인가. 아기가 쌔근쌔근 자는 것을 보면, 혜영은 마음이 미어지는 듯했다. 희망감에, 그리고 책임감에.

혜영은 언제나 아기가 낮잠 자는 틈을 타서 집 앞 슈퍼에 다녀왔다. 슈퍼에 있는 물건은 돈을 지불해야만 아기와 혜영의 것이 되기에, 혹시라도 아기가 물건을 향해 손을 뻗으면 마음이 약해질 것만 같았다. 게다가 정부에서 매달 지역화폐로 생계비를 입금해 줬다. 그건 동네에서만 쓸 수 있었다.

혜영은 항상 진열대를 처음부터 끝까지 세세하게 살핀 후에 물건을 골랐다. 필요한 것 중에서도 더 필요한 걸 골라야 했기 때문이었다. 더, 더, 더욱더 필요한 것을 고르는 건 미술품의 값어치를 판단하는 것과 같았다. 한 번 사면 얼마나 오래 쓸 수 있는지, 다른 슈퍼에서는 얼마에 파는지, 미관상 더 예쁜 것이 뭔지까지 온갖 합리적인 이유부터 당치도 않은 비교질을 해가며 꼭 필요한 생필품과 식품을 골랐다. 역시 혜영은 남이 낸 세금에 의존하여 먹고 사는 신세였다.

살 건 언제나 그리 많지 않았다. 분유와 혜영의 음식 재료 몇 가지면 다였다. 아기 키우는 집이라면 기저귓값이 제일 부담이겠지만, 혜영은 한 푼이라도 아끼기 위해 면 기저귀를 매일 손빨래 했다. 매달 필요한 생리대 값도 아까워서 출산하고 나서부터는 면 생리대를 썼다. 인터넷을 통해 발견했던 재사용이 가능한 생리컵이라는 것은 무려 2만 원이나 했기 때문이다.

요즘에는 라면도 비싸서 못 사 먹는 시대인 듯했다. 옛날 국수를 집어 들었다. 라면은 하나를 뜯으면 한두 번 내로 다 먹어야 하지만, 국수는 반인 분씩 삶으면 몇 날 며칠이고 먹을 수 있었다. 오래 먹을 수 있을 것 같아 집어 든 양배추는 가격을 확인하고는 다시 돌려놓았다. 대신 다시다 한 팩을 샀다. 아무래도 국수를 맹물에 먹는 건 무리일 것 같았다.

동네 구멍가게이지만 계산대의 줄이 길었다. 혜영은

아기가 순해서 다행이라고 생각했다. 우는 일이 손에 꼽을 정도니, 10분 정도는 집을 비울 수가 있었다. 그래도 언제나 마음은 조급했다.

계산대 앞에 줄을 섰다. 먼저 줄을 선 여자의 허리에 매달린 아기가 혜영의 아기와 비슷한 개월 수로 보였다. 혜영은 반가웠다. 시간이 지나 두 아기가 어린이집 같은 곳에서 만날 수도 있겠다는 생각을 해보았다. 앞에 안겨 있던 아기가 혜영을 발견하자 눈을 맞추며 방긋 웃었다. 신기했다. 아기가 이렇게도 잘 웃다니. 혜영의 아기도 혜영에게 조금 더 웃어줬으면 좋겠다고 생각하며 계산대 직원에게 지역화폐 카드를 건넸다.

집으로 돌아왔다. 아기는 깨어 있지만 역시 울고 있지 않았다. 혹시나 하는 마음에 집 계단을 헐레벌떡 내려온 혜영이 민망할 정도였다. 아기를 들여다보았다. 여전히 다른 데를 보는 혜영 아기의 얼굴을 보니, 슈퍼에서 웃어줬던 아기의 얼굴이 아른거렸다. 혜영은 웃지도, 울지도 않는 아기가 갑자기 생소했다. 조금 이상했다. 그런데 이런 건 어디에 물어봐야 하나 싶었다.

혜영은 인터넷 포털 사이트에 '웃지 않는 아기'를 검색해 보았다. 그랬더니 반응이 없는 아기에 대해 설명을 해주는 사이트 여러 개가 떴다. 모두 같은 내용이었다. 3개월 이후에는 보통 엄마에게 웃어준다고.

아기가 웃지도 울지도 않는다면, 전문의와 상담이 필요하다고 했다. 그렇지만 혜영은 아기에게 문제가 있다고 하기엔 아직 이르다고 생각했다. 생후 6개월짜리 아기가 할 수 있는 게 그리 많지 않은 건 당연하다고 생각했다.

울 일은 없는

반응이 없는 아기라고

세상은 칭하지만,

자신도 반응할 줄 안다는 걸

아기만의 방법으로 혜영에게

말해주는 것 같아서 기특했다.

혜영은 아기가 6개월 때 받았어야 하는 생후검진을 아기가 8개월이 되어서야 받으러 가기로 했다. 사실 본인 부담금이 나온다고 해서 2개월 동안 돈을 모은 후에 가겠다는 결정했다. 10만 원도 안 되는 돈이지만, 혜영은 추가 비용으로 나갈 10만 원을 모으기 위해서 60일 중의 17일은 국수로 때웠다. 혜영은 이런 자신이 자랑스러웠다. 아기의 생후검진 비용을 아껴서 직접 마련했다는 생각에 어깨가 절로 펴졌다. 이건 혜영이 번 돈이나 마찬가지였다.

아기를 안고 오랜만에 지하철을 탔다. 사람들이 적당히 타 있었다. 혜영의 아기를 본 젊은 남자가 벌떡 일어나 자리를 비켜줬고, 혜영은 뻘쭘한 표정과 함께 고개를 푹 숙이며 조심스럽게 앉았다. 아기와 지하철을 처음 타서 그런지, 약간 답답한 전철의 공기조차 매우 낯설게 느껴졌다. 옆에 앉아 계시던 아주머니가 혜영에게 아기가 어쩜 그렇게 순하냐며 칭찬하셨다. 여기저기를 바라보고 있는 아기를 혜영은 조금 더 가까이 끌어안으며 아주머니에게 웃어 보이려고 노력했다.

병원 대기실은 부부와 어린아이들로 득실거렸다. 대기실을 이리저리 뛰어다니는 아이들이 어찌나 시끄러운지, 혜영은 놀랍기만 했다. 혜영의 아기도 조금 더 크면 저렇게 시끄럽게 떠들겠지 싶었다. 혜영은 병원 안내데스크 앞에 줄을 섰다. 부모님과 함께 줄을 선 여자아이가 앞에서 칭얼대기 시작했다. 아이의 엄마는 시끄럽다며 아이스크림을 약속했고, 아빠는 자신의 휴대전화를 아이에게 건넸다. 혜영은 괜찮았다. 혜영은 아기에게 엄마와 아빠 모두 되어줄 수 있었다.

　오랜 대기 끝에 혜영과 아기는 진료실에 들어갔다. 의사는 아기의 상태에 대해, 그리고 특이 사항이 없는지 혜영에게 물어보았다. 혜영은 특별한 문제는 없다고 대답했다. 의사가 진찰을 해보겠다며 아기를 정면으로 바라보았다. 아기의 관심을 끌어 보려고 노력했지만 실패했다. 혜영은 의사에게 사실 아기가 웃음이 많이 없다고 그랬다. 울지도 않는 순둥이라고 덧붙였다.

의사의 얼굴에 걱정이 스쳐 지나갔다. 자폐 스펙트럼 장애 여부에 대한 검사를 한 번 해봐야 할 것 같다고 했다. 걱정은 하지 말라고 덧붙였다. 진료실을 나가 간호사에게 검사비를 물었고, 간호사는 추가검사 비용의 환자부담금은 주로 1만 5천 원 정도라고 했다. 다행이었다. 그 정도는 있었다.

추가검사를 받기 위해 필요한 의뢰서도 비용이었다. 의뢰서 비용은 정부에서 지원이 안 되는 것 같았다. 간호사는 카드를 꽂아 달라며 손짓했고, 혜영은 현금을 내밀었다. 간호사는 거스름돈을 가지러 다른 층에 다녀왔다. 거스름돈을 건네주는 모습에서 약간의 짜증이 엿보였다. 집에 돌아와서 혜영은 '자폐아'를 인터넷에 검색해 보았다. 누군가 올린 동영상에는 혜영의 아기와 비슷한 표정을 짓는, 순한 아기가 자폐아라며 등장했다.

　아기가 돌이 되던 주에 추가검사를 받으러 다녀왔다. 1만 5천 원을 현금으로 준비해 갔다. 그리고 아기가 돌이 된 날에는 초코파이를 한 상자 사서 줄 세우고, 오붓하게 둘만의 돌잔치를 했다. 그 주에 혜영의 아기는 '자폐 스펙트럼 장애'를 진단을 받았다. 이름도 어려웠다. 치료를 최대한 많이, 빨리 해야 나중에 사회적응을 잘한다고 했다. 이렇게 일찍 발견하는 건 드문데, 혜영이

잘한 거라며 진단을 내린 의사가 칭찬했다. 치료비용은

치료센터마다 다르다길래 혜영은 일단 알겠다고 말했다.

진단을 받고 머지않아 아기는 불빛에 예민해졌다.

반짝이는 것만 보면 자지러지게 울었다. 자다가 깨어도

울지 않던 아이가 어느 날부턴가 울기 시작하더니, 그

이후로 갑작스러운 소리나 반짝임에도 울었다. 그리고

울음이 한 번 시작되면 달래기가 어려웠다. 하지만

혜영은 이런 아기가 기특했다. 반응이 없는 아기라고

세상은 칭하지만, 자신도 반응할 줄 안다는 걸 아기만의

방법으로 혜영에게 말해주는 것 같아서 기특했다.

그런데 1층에 사는 주인집 아주머니가 아기의

울음소리가 너무 시끄럽다며 성화를 부리기 시작했다. 아기가 울 때면, 아주머니는 반지하의 천장을 발꿈치로 쿵쿵 찍어댔다. 급기야 계속 이렇게 시끄러울 거면 이번 달까지만 살고 나가라며 엄질을 놓았다.

내쫓기면 갈 데가 없기 때문에 혜영은 치료센터를 알아보았다. 이들은 대부분 서울 근교에 있었고, 인터넷에 찾아보니 자폐아들은 흔히 ABA 치료라는 걸 받는다고 적혀있었다. 고작 세 글자뿐인 이름이 매우 위압감 있게 느껴졌다. 치료센터의 웹사이트를 하나씩 꼼꼼히 읽어보았다. 치료비용에 대한 이야기는 어디에도 적혀 있지 않았다. 혜영은 'ABA 치료센터

가격'을 검색창에 입력했다. 인터넷 기사가 떴다. 200만 원. 비용은 200만 원에서 400만 원이 일반적이라고 했다. 이게 고작 한 달 치 비용이라고 적혀 있었다.

혜영은 치료 센터를 굳이 가야 하는 건지 의문이 들었다. 사실 지금도 우는 것만 제외하면 크게 문제가 없었다. 혜영은 방에서 반짝일 수 있는 것은 모두 치웠다. 작은 손거울, 유리컵 두 개, 폐업하는 가게에서 떨이로 사 온 빛이 반사되는 플라스틱 표면을 가진 벽시계, 이사 왔을 때 집 벽 한중간에 붙어있었던 네모난 유광 스티커도 칼로 긁어서 떼어냈다. 휴대전화의 밝기는 최소한으로 줄였다. 이제 아기는 울 일이 없었다.

상견례

혜영은 이 광경이 신기했다.

혜영의 부모님이

이렇게 겸손한 모습은

처음 보는 것 같았다.

혜영은 아기의 작은 손을 만지작거렸다. 연분홍색 손바닥이 꼭 햄스터 발바닥을 연상케 했다. 혜영이 중학교 1학년일 무렵에 언니가 감옥 같은 철장 상자를 집에 들고 왔다. 풀 냄새가 폴폴 나는 상자였다. 엄마는 언니에게 뭘 주워 온 거냐며 짜증을 냈고, 언니는 누가 쓰레기장에 햄스터를 버렸다고 대답했다. 키울 거라고 당당한 목소리로 덧붙였다. 엄마는 단호하게 안 된다고 대답하며 다시 쓰레기장에 버리고 오라고 했다. 언니는 싫다며 소리를 꽥 질렀고 그렇게 작은 햄스터 한 마리가 언니의 방에서 살게 되었다.

언니는 며칠간 햄스터를 예뻐했다. 그러나 닷새쯤

지나자, 햄스터 때문에 방에서 냄새가 난다며 물어보지도 않고 혜영의 방 책상에 올려놓고 갔다. 어쩌다 보니 햄스터는 혜영의 차지가 되었다. 엿새가 더 지난 후 아침에 일어나보니 철장 속에 털이 없는 분홍색 생명체가 두 마리나 더 있었다. 혜영은 신기했다. 한 마리에서 갑자기 세 마리가 되어버리다니, 마법과도 같았다.

등교 준비를 해야 할 시간이지만, 자연의 신비에 매료된 혜영은 햄스터들을 20분이나 넘게 지켜보았다. 덩치가 훨씬 큰 엄마 햄스터는 새끼 햄스터 중 한 마리를 유독 예뻐하는 것 같았다. 자꾸만 쫓아다녔다.

갑자기 엄마 햄스터가 새끼 햄스터의 머리를 이빨로 꽉 깨물었다. 아기 햄스터가 끽-끽- 하며 고함을 질렀다. 혜영의 심장이 덜컥 멈추는듯 했다. 엄마 햄스터는 어떻게든 도망가려는 아기 햄스터의 뒤꽁무니를 몇 초간 쫓더니, 넘어뜨려 급기야 새끼 햄스터의 머리를 입에 꾸역꾸역 쑤셔 넣기 시작했다. 새끼 햄스터는 비명을 지르며 네 발을 아등바등했다. 얼어있던 혜영은 황급히 햄스터가 든 철장을 두 손에 집어 들었다. 온 신경이 손에 집중돼 팔꿈치로 집 문을 밀며 급히 나서는 혜영에게 짜증 내며 소리 지르는 엄마의 말은 듣지도 못했다. 그러고는 아파트 계단을 뛰어 내려와서 쓰레기장으로 뛰어갔다. 엄마 햄스터의 입 밖으로 반쯤 걸쳐진 새끼 햄스터의 두 뒷발이 허공을 이리저리 가르고 있었다.

혜영은 하염없이 떨리는 몸에 최대한 힘을 주며 방으로 돌아왔다. 심장이 빠르게 쿵쾅거리는 소리와 함께 새끼 햄스터의 비명이 아직도 들리는 듯했다. 호흡을 가다듬고는 굳게 다짐했다. 절대 다시는 뭘 키우지 않겠다고.

그런데 그렇게 굳게 다짐했던 혜영이 이제 아기를 키우고 있었다. 혜영이 아기를 키우는 게 다짐을 어긴 것은 아니라고 생각했다. 혜영의 피와 살로 직접 만든 생명체이니, 쓰레기장에서 언니가 주워 온 햄스터와는 전혀 달랐다. 게다가 아기를 혜영의 몸으로 도로 넣을 수도 없는 노릇이니 말이다.

정말 오랜만에 혜영의 휴대전화가 울렸다. 모르는 번호여서 받지 않았는데, 두어 번 더 전화가 와서 아기가 깰까 봐 일단 받았다. 웬 여자가 혜영의 전화번호가 아니냐며 물었다. 누구시냐고 묻는 혜영에게 이제 언니 목소리도 잊은 거냐고 되물었다. 왜 이렇게 연락을 안 했냐며 다그쳤다. 언니가 결혼하기로 했다며, 상견례가 잡혔다고 했다. 2주 뒤 토요일 12시라며 식당 이름을 불러주었고, 늦지 말라고 신신당부했다.

혜영은 머뭇거렸다. 언니는 혜영의 아기에 대해 몰랐다. 혜영이 어물쩍하게 대답하자, 언니는 혹시 시간이 안 맞냐고 물었다. 달리 방법이 보이지 않아서 혜영은 사실대로 털어놓았다. 18개월 배기 아기가 있는데 데려가도 되는 거냐고 물었다. 숨이 턱턱 막히는 긴 정적이 흘렀고, 언니는 아기의 아빠랑 같이 사냐고 물었다. 혜영은 자신이 엄마이자 아빠라고 대답하자, 언니는 일단 알겠다며 전화를 끊었다.

다음 날 엄마에게서 2년 반 만에 전화가 왔다. 혜영이 전화를 받자마자 무슨 짓을 하고 다닌 거냐고 대뜸 소리를 질렀다. 혜영은 이해가 가지 않았다. 아기가 이렇게 미움받으려고 태어난 건 아니라고 생각했다.
아기는 무조건 어디에 맡겨놓고 언니 상견례에
참석하라고 으름장을 놨다. 와서도 허튼 소리하지 말고
조용히 밥만 먹고 가라며 소리를 질렀다.

혜영은 영 억울했다. 아기를 맡길 데가 없다고
소심하게 반박을 해보았지만, 엄마는 언니의 상견례
자리를 망칠 셈이냐며 전혀 들으려 하지 않았다.
전화를 끊고 혜영은 아기와 상견례 자리에 함께
참석해야겠다는 생각이 들었다. 맡길 데도 없을뿐더러,
아기를 막상 만나면 모두의 마음이 누그러질 테니.
혜영의 아기를 그 누구도 미워할 수는 없을 테니

말이다.

아기가 가족을 만나게 되는 날이 금세 다가왔다. 상견례에 시간 맞춰서 가야 하는데, 유독 지하철이 오지 않았다. 12시가 되자, 언니에게서 문자가 왔다. 어디냐며, 어떻게 이런 날에 늦을 수 있냐며 다그치는 문자였고 혜영은 10분 안에 간다고 답했다. 아기 없이 오는 거 맞냐며 언니가 물었지만 혜영은 답하지 않았다. 으리으리한 한옥 식당에 도착해서 종업원에게 언니의 이름을 댔고, 검은색 유니폼을 입은 종업원은 혜영을 안쪽에 위치한 방으로 데려갔다.

종업원이 미닫이문을 옆으로 밀고 혜영이 방에

들어섰다. 모두의 시선은 아기에게 집중이 되었고, 혜영의 언니와 부모님은 당황하는 듯했다. 언니의 예비 시어머니인 듯한 여자가 사돈처녀에게 자녀가 있는지 몰랐다고 하며 아기에게 웃어 보였다. 그러나 아기는 웃지 않았다. 혜영의 엄마는 불편한 웃음을 지으며 혜영이 아기를 맡길 데가 없었나 보다며 대신 변명을 했다.

아기가 혜영의 품에서 조용히 자는 덕분에 상견례는 순조롭게 진행되었다. 남자 집에서는 집값에 보탤 돈 1억 원을 마련하겠다고 했다. 이어서 혜영의 부모님은 5,000만 원을 보탤 수 있다며 부족한 딸을 받아주셔서

감사하다고 했다. 혜영은 이 광경이 신기했다. 혜영의
부모님이 이렇게 겸손한 모습은 처음 보는 것 같았다.

상견례가 끝나갈 무렵, 종업원이 그릇을 한꺼번에
치우려다가 위태롭게 얹어져 있던 유리그릇 하나가
기웃하며 떨어졌다. 그릇이 깨지지는 않았지만 아기가
자다가 깨서 자지러지게 울기 시작했다. 혜영의
부모님은 혜영과 아기는 나가서 기다리는 게 좋겠다고
황급히 말했다. 혜영이 식당 밖의 길목에서 울며 소리
지르는 아기와 함께 이십여 분을 기다렸고 드디어
부모님과 언니 그리고 언니의 예비 시부모, 남편이 식당
문을 나왔다. 서로 정중하게 인사를 했고, 기회 될 때 또

뵙겠다 하며 헤어졌다.

혜영 언니의 예비 시부모와 남편이 차를 몰고 식당 주차장을 나가자마자 혜영의 가족은 혜영을 노려보며 어떻게 그럴 수가 있냐고 다그쳤다. 혜영의 아기 때문에 얼마나 당황스럽고 민망하고 죄송했는지 아냐고 따졌다. 엄마는 혜영의 아기를 힐끗 보고선 어쩜 혜영과 그렇게 똑같냐며 미간을 찡그렸다. 부모님은 시골로 내려가는 열차 시간이 임박했다며 곧바로 헤어졌다.

혜영의 가족은 아기에게 제대로 된 인사도 하지 않았다. 예뻐하지도 않았다. 어쩌다가 아기를 낳게 됐냐며 자초지종을 묻지도 않았다. 혜영은 가족이 아기를 마냥 미워하기만 했다는 생각이 문득 들었다.

혜영처럼 말이다.

햄스터

혜영이 아기를 불행하게 한 만큼,

이에 대한 책임을 져야 마땅했다.

혜영의 아기는 부쩍 몸이 많이 컸다. 큰맘 먹고 사다 준 장난감 블록을 가지고도 잘 놀았다. 제법 고집도 부릴 줄 알아서, 혜영이 놀아주려다가 블록을 잘못 건드리기라도 하면 떼쓰며 드러누워서 30분이고 소리 지르며 울었다. 혜영은 윗집 주인아주머니의 성화가 무서워 아기가 놀 때는 멀찍이서 쳐다보기만 했다.

아기는 말이 좀 늦는 것 같았다. 아직 엄마라는 말을 제대로 들어본 적도 없었다. 다른 아이들은 돌 정도 되면 엄마는 부른다는데. 인터넷에 찾았더니 말을 느리게 하는 건 자폐아의 흔한 증상이라고 했다. 밥도 먹는 것만 먹으려고 해서 혜영은 늘 다진 야채, 소고기에 쌀밥을

섞어 쑨 죽을 먹였다. 다른 것은 입에 대지도 않으려고 하고 억지로 먹여보려고 하면 귀가 떨어질 정도로 크게 소리를 지르며 떼를 썼다.

혜영은 다시 한번 치료센터를 알아보았다. 가격은 여전히 월 200만 원에서 400만 원이 든다고 했다. 1년이 지났는데도 가격이 그대로였다. 다른 아이들은 센터를 다닌다는데, 똑같이 해줄 수 없는 혜영이 초라하게 느껴져서 아기가 떼를 쓸 때면 마음이 쓰렸다.

지하철을 타도 떼를 써서 어디에 함께 놀러 가지도 못했다. 이제는 움직임의 범위도 커져서 혜영이 슈퍼에 혼자 다녀올 수가 없었다. 그래서 매번 아기를 데려가야 했지만, 집을 나서면 아기는 무조건 떼를 썼다. 사람들이 아기를 보며 못마땅해하는 게 느껴졌다. 그럴 땐 모두가 아기를 미워하는 것만 같았다.

혜영은 아기가 미움받는 게 부당하다고 생각했다. 왜 아기가 미움을 받아야 하는지 의문이었다. 아기의 몸이 더 커질수록 사람들의 미움도 더 커질 것만 같았다. 피가 섞인 할머니, 할아버지에게도 미움을 받는 혜영의 아기는 이 세상에 자기 편이 혜영 말고는 단 한 명도 없었다. 혜영마저도 아기에게 아무것도 해줄 수가 없었다. 오히려 태어나게 해줘서 아기를 불행하게 만든 장본인이었다.

혜영이 아기를 불행하게 한 만큼, 이에 대한 책임을

져야 마땅했다. 아기를 열악한 반지하에서, 미움에서, 불행한 세상에서 자유롭게 해주고 싶었다. 불행한 삶의 무게를 알기 때문에 아기만큼은 부디 자유롭기를 원했다.

그렇게 혜영은 마음을 굳혔다. 아기만큼은 자유롭게 해주기로. 하루라도 빨리 말이다.

다음 날 아침에 일어나 아기가 매일 먹는 소고기 야채죽을 정성스럽게 끓였다. 흘려가며, 먹기 싫다고 뱉는 아기가 마냥 사랑스러웠다. 혜영이 설거지를 하는 동안 아기는 장난감 블록을 줄 세우며 조용히 놀았다.

설거지를 끝내고 아기 앞에 엎드려서 장난감

블록을 일렬로 줄 세우고 있는 아기의 얼굴을 뚫어지게 쳐다보았다. 아기는 혜영을 보지 않고 블록에 집중했다. 블록만 바라보며 노는 아기 앞에서 혜영도 함께 집중했다.

벌써 아기가 낮잠을 잘 시간이었다. 혜영은 이불을 깔고 아기와 함께 누웠다. 곧 아기는 평온한 얼굴로 잠이 들었다.

혜영은 아기의 얼굴을 세심하게 살펴보았다. 눈썹, 코, 입, 귀, 배꼽, 발, 혜영이 끓인 죽 냄새가 나는 아기의 숨결, 그리고 혜영이 가장 애지중지하는 연분홍 손바닥. 이 모든 것을 마음속에 새기리라. 평생 기억하리라. 혜영이

자기 몸으로 스스로 만들었던 생명이자 자유롭게 해줄 수 있었던 단 한 명. 혜영은 아기가 깨지 않도록 자신의 베개를 들어 아기의 얼굴 위에 살포시 올렸다. 그러고는 지그시 눌렀다. 자고 있던 아기가 팔다리를 갑작스레 파닥였다. 날아오를 준비를 하는 것 같았다. 자유를 찾아 둥지를 떠나는 아기 새의 몸부림과 날갯짓을 상상하며 혜영은 눈을 지그시 감았다.

반려된 식물

희망

나는 물을 먹은 지 78일 그리고 반나절쯤 되었다. 이제서야 내 몸에 세로로 그어진 여러 진초록색 골이 안으로 접힐 정도로 깊어졌다. 골이 깊어지다 못해 죽을 수 있었다면 얼마나 좋을까 싶지만, 안타깝게도 나의 원산지는 저 머나먼 동아프리카여서 장기간 물을 못 마셔도 잘 살 수 있도록 천 년 이상을 진화해 온 몸이다.

　　마지막으로 물을 먹었을 때는 어느 손님이 자기 커피 컵에 든 얼음을 내게 모두 버리고 갔을 때이다. 내 옆에 놓인 재활용 쓰레기통 상자 앞에서 일회용 플라스틱 컵을 들고 머뭇거리더니, 컵에 든 얼음을 나의 화분에 몽땅 버리고 쓰레기통에 컵을 휙 버리고 갔다.

나는 그 손님이 원망스러울 따름이었다. 아무리 얼음을 버릴 데가 없었다 해도, 얼음은 녹아 물이 되고 나는 물을 주는 대로 다 먹을 수밖에 없는 입장이니 말이다. 정확히 알 수는 없지만, 그 얼음으로 인해 내 수명이 3개월은 더 연장되었던 것 같다. 다행히 그 후로는 아무도 내게 얼음을 버리지 않았고, 지금까지 해왔던 것처럼 눈에 띄지만 않는다면 수명을 단축해서 말라 죽을 수 있을지도 모르겠다.

나는 원래 동족끼리 모여 살던 곳에서 왔다. 그곳에서 우리 중 몇몇은 머리 꼭대기에 빨간, 파란 물감이 칠해지기도 했고, 춥지도 않은데 양털 모자를 씌워

주기도 했다. 양털 모자는 떨어질 수라도 있지만, 물감은 한번 칠해지면 그렇게 살아야 했다.

　그래서 물감칠을 당한 동족 앞에서는 혹여 속상하기라도 할까 봐 말을 아끼곤 했다. 그나마 다행인 건, 그렇게 물감칠을 당하거나 양털 모자를 쓰고 나면 곧 이곳에서 나갈 수 있다는 징조라는 것이었다.

　어쩌다 한 번 물 주러 오는 누가 누군지도 모르는 그 남자가 아닌, 나를 들여다봐 주는 사람. 내 꼿꼿한 몸을 한 번씩 매만져주며 무늬가 진해졌는지, 키는 더 자랐는지, 골이 더 깊어졌는지 구별할 수 있는 그런 사람에게 갈 수 있었다.

하루에 한 번 까맣게 어둠이 내려앉을 때면, 사방에서 우리를 지키고 있는 비닐이 모든 박자를 무너뜨리며 펄럭거렸고 그때 나는 늘 상상의 나래를 펼쳤다. 내 사람이 나에게 지어줄 이름이 뭘 지에 대해서 말이다.

뾰족이. 초록이, 길쭉이. 툭툭이? 쑥쑥이. 아니, 난 전형적인 이름은 별로였다. 하늘이, 희망이, 평생이. 이런 게 차라리 의미가 있는 것 같고 좋았다.

평생이라. 평생이, 조금 촌스러운데 의미는 좋았다. 매번 내가 선택하게 되는 이름은 '평생이'었다. 내가 평생 살 것도 아닌데 말이다. 당시에는 나 자신이 조금 재미있기까지 했다. 그런데 이제는 그렇게 생각했던 내가 참으로 한심할 따름이었다. '평생이'라는 이름을 너무 상상한 나머지, 이곳에서 평생 건강하게 살게 생겼으니 말이다.

비닐하우스에서 살다가 드디어 선택받아 비닐에 포장되고 배달 기사에게 건네져, 덜컹거리는 어둠 속에서 설레는 마음으로 쓰러지지 않으려고 버티며 드디어 이곳에 도착했을 때만 해도 아직은 희망을 품고 있었다. 배달 기사는 어느 중년 여자에게 나를 건넸고, 여자의 첫 마디는 이거였다.

"어휴, 왜 이렇게 쓸데없이 커~"

두 번째로 한 말은 이거였다.

"아니! 어머님은 뭐 하러 이런 걸 보냈대? 그냥 돈으로 주시지, 안 그래?"

그러고는 가게 문을 이미 나가고 있는 배달 기사를 쫓아가며 다급히 물어봤다.

"반품 안 되죠?"

안타깝게도 나는 반품되지 못했다. 그녀는 나 자체에 대한 반응을 보이지 않았다. 그렇지만 나를 이왕 받았으니까 한 번이라도 봐주지 않을까 하는 헛된 바램으로 일주일을 살았다. 그러나 나를 둘러싼 비닐은 한동안 벗겨지지 않았다.

그것도 모자라서 내게 둘린 리본에 적힌 두 문구 '사랑하는 며느리', '돈 많이 벌어라'를 볼 때마다 기가 찬다는 듯이 쓴웃음을 지으며 콧방귀를 뀌었다. 내가 싫어서 그런 건 아닐 거라며 나 자신을 설득하는 건 쉬운 일이 아니었다.

나를 바라봐 주는 이는 많지 않았기 때문에 주로 내가 누군가를 관찰하는 시간으로 하루가 메워졌다. 나의 관찰 대상은 나의 주인과 가게를 오가는 손님들이었다. 그리고 나는 딱히 할 일이 없었기 때문에 모두를 아주 자세히 관찰하려고 애썼다.

그래야 불이 꺼지고 홀로 남겨진 시간에 오늘 하루 동안 있었던 일들을 머릿속으로 다시 되풀이하며 시간을 보낼 수 있었고, 나는 내 주인이 가게에 오는 화요일에서 토요일까지의 밤을 그렇게 버텼다. 그 누구도 가게에 들어오지 않는 월요일에는 곱씹을 하루가 없었기 때문에 특히나 기억에 남았던 하루를 머릿속으로 되새기며 다시 살고 또다시 살았다.

내가 이렇게 생각을 열심히 하는 이유는 사실 무료해서는 아니었다. 나의 주인이 갑자기 내가 눈에 밟히지 않을까 하는, 스멀스멀 올라오는 희망이라는 덫에 빠져들지 않기 위해 머릿속을 가득 채우는 것이었다. 희망이라는 구덩이에 한 번 빠지고 나면, 밖으로 도로 나오기가 불가능하기 때문이었다. 칠흑같이 어두운 구덩이 속에 있기 때문에, 보일랑 말랑한 한 줄기

빛이 너무나도 강렬하다고 착각하는 것, 그것이 바로 희망이었다.

그래서 닫힌 가게의 셔터 사이로 햇빛이 각도를 조금씩 바꾸어 가며 나를 유혹할 때면, 그 빛이 너무 강렬하게 느껴지지 않도록 눈을 단단히 감았다.

그러나 내 화분의 중간부터 시작한 여러 개의 가지런한, 얇고 희미한 노란 줄이 창밖의 셔터 사이를 비집고 들어와 내 몸에 앉을 때면, 거부할 수 없는 온기가 나를 채우는 듯했다. 내 뾰족한 머리 꼭대기까지 가늘고 노란 줄이 천천히 이동하는 걸 느끼면서 언젠가는 직접 이 빛을 만져볼 수 있을 거라는 착각에 빠질 뻔하기도 했다.

좌절

드르륵드르륵. 쾅. 셔터가 열리고 내 보호자가 휴대전화를 보며 가게에 들어섰다. 느릿한 몸짓으로 가게 전등을 켰다. 같은 빛인데 어째서 차갑게 느껴지는 건지는 알 수 없었다.

가게 밖이 오늘 유독 부산스러웠다. 언제 바뀌었는지, 앞 가게의 간판에는 '초록빛 향기'라고 적혀 있었다. 큼지막한 글씨 옆에 식물 이파리 그림이 여러 개 있는 걸 보니 식물 파는 집이 새로 들어서는 것 같았다. 그 앞에서는 어느 젊은 여자가 바삐 손짓하며 이삿짐 운전기사로 보이는 건장한 남자에게 무언가 설명을 하는 듯했다. 운전기사는 귀찮다는 듯 끄덕였고 이삿짐

트럭의 뒷문을 열고서 가지각색의 식물과 화분을 도로변에 내리기 시작했다.

그렇게 나에게는 길 건너편의 볼거리가 생겼다. 물론 나의 주인이라는 여자도 존재했지만 이제 그녀의 머리털이 몇 개인지 알 지경이었다. 그리고 계속 그 여자를 바라보고 있으면, 자꾸만 내게 쓸데없는 애착이 생기는 것도 같아 짜증이 솟구쳤다. 역시 다른 데에 시선을 두고 사는 게 차라리 속이 편했다.

그러나 식물이라는 게 관찰할 거리가 많지는 않았다. 움직임조차 없으니, 딱히 시선을 끄는 일도 없었다. 그나마 어쩌다 한 번 드나드는 손님이 식물을 사가는

지, 그리고 어떤 화분을 고르는 지가 가장 흥분할 만한 구경거리였다.

자꾸만 피어오르는 따분함을 잠재우기 위한 나의 작은 놀이가 시작되었다. 일명 '누가 누가 제일 안 팔리나' 게임이었다. 안 팔릴 것 같이 생긴 식물을 마음속으로 선택한 후에 그 식물이 과연 팔리는지 지켜보는 놀이었다.

하루가 저물고 나서도 내가 지켜본 식물이 안 팔리는 경우가 많았고, 식물 가게에서 젊은 여자가 나와 셔터를 닫을 때면 나는 왠지 모를 쾌락을 느꼈다.

여느 때처럼 '초록빛 향기'의 통유리창으로 군데군데

보이는 식물을 모두 자세히 살펴본 후였다. 오늘도 안 팔릴 것 같은 식물 하나를 고르기 위한 심사숙고를 하고 있었다. 요즘 갑자기 선선해진 날씨 탓인지 추위에 잎이 갈색빛을 띠면서 말리기 시작한 야자나무를 골랐다.

'그래, 넌 팔릴 것 같지 않다. 인간은 완벽한 식물을 좋아하거든.'

야자나무의 이파리를 유심히 들여다보는 앞 가게 주인의 모습에 집중하느라 내 위에 드리운 그림자를 알지 못했다. 흠칫 놀라 위를 보니 웬걸, 내 주인인 여자가 정수기 앞에 서서 나를 골똘히 쳐다보고 있었다.

그녀의 갑작스러운 관심에 기분 나쁜 찬 기운이 내 뾰족한 머리끝부터 흙에 꽂힌 뿌리까지 흘러 내려갔다. 알고 보니 내가 방치된 게 아니었다는 것에 대한 환희인지, 그녀가 드디어 나를 뽑아 죽이려는 건가 싶어 차갑게 소름이 돋는 건지는 알 수 없었다.

그러나 쉽게 변하는 건 없었다. 단지 그녀는 내가 사는 공간을 다른 용도로 쓰려는 것이었고, 그렇게 나는 눈부신 형광등을 쬐지 않아도 되는 가게 바깥으로 옮겨졌다. 내가 있던 가게 안의 자리에는 작은 테이블이 나를 대신하게 되었고 그 위에는 손 세정제와 물티슈 등이 놓였다.

그래도 가게 밖에 있으니, 볼거리는 더 많았다. 보이지 않았던 양옆의 세상을 구경하다 보니 하루가 금방 갔다. 지나가는 사람, 오토바이와 눈 마주치고 냄새를 맡으며 대화 소리에도 집중했다. 처음 직접 쐬어보는 오늘의 해가 뉘엿뉘엿해지면서 따뜻했던 내 밑에 아스팔트가 식기 시작했다. 그리고 더 가까이에서 볼 수 있게 된 '초록빛 향기'의 야자나무는 역시나 팔리지 않았다.

서늘한 밤공기가 부는 깜깜한 바깥세상은 사람 무리로 북적거렸다. 그들의 온기 탓에 찬 공기 속에서도 나는 추운지 몰랐다. 하늘이 어둡다는 걸 눈치채지 못할 정도로 주변이 밝았고 지나가는 사람을 관찰하고 파악하는 데에 나는 정신이 없었다. 다투는 연인, 쌈박질을 곧잘 할 것 같은 젊은 남자들, 담배 연기를 휘날리며 바삐 걸어가는 직장인, 그리고 내 옆자리에서 지나가는 이들을 나와 함께 노려보는 늙은 남자까지 구경하다 보니, 어느새 밝았던 네온 전기 간판들이 하나둘씩 꺼지기 시작했다. 떠들썩하게 소리 지르며 모여 있던 사람들은 내가 앉아 있는 거리에서 점점 없어졌고, 비틀거리며 땅에 곤두박질칠 듯이 걷는 한두 명의 사람만이 남았다.

그제야 차게 부는 바람에 함께 차가워진 내 살갗이

느껴졌다. 오랜만에 들리는 바람 소리에, 그리고 각 가게 위에 설치된 얇은 천막이 펄럭이는 탓에, 동고동락했던 나의 비닐하우스 동지들이 떠올랐다. 그들의 주인은 지금 잘해주는지, 매일 눈길을 한 번이라도 주는지, 아니, 애초에 평생 지켜줄 주인에게 보내졌는지 궁금했다. 평생이라. 평생이라는 게 이렇게 괴로운 건지 그때는 알 수 없었을 거다. 차디찬 어둠 속에서 바람에 몸을 기대고 눈을 감았다.

쪼르르. 쪼르르. 따뜻했다. 무언가가 내 몸통을 타고 화분 속으로 흘러 들어갔다. 살갗이 타들어 갈 것 같은 갑작스러운 온기에 놀라 눈을 번쩍 떴다. 내 앞에는 웬 비틀거리는 형체가 가게의 벽을 한 손으로 짚으며 나에게 알 수 없는 물을 주고 있었다. 내 뿌리는 오랜만에 맞이하는 이 뜨거운 수분을 급속도로 빨아들였고, 나는 처음 느끼는 누군가의 온기에 벙쩌 그 어두운 그림자를 바라보고만 있었다. 정체 모를 물이 흘러내린 내 뾰족한 줄기는 화상을 입은 듯이 뜨거웠다. 이윽고 비틀거리는 검은 형체는 바지춤을 들춰 올리고는 어둠 속으로 없어졌다.

아침이 될 때쯤, 내 몸에 남은 끈적함에서는 고약한 악취가 났다. 처음으로 누군가의 온기를 온몸으로 누린 것에 대한 벌이었을까. 나로서는 알 수가 없었다. 하지만 그 어두운 형체가 주었던 물은 나를 위한 것이 아니었던 게 확실했다. 이로써 나는 더욱더 그 누구도 원치 않는 식물이 되어 버렸다. 싫어하는 사람이 덜컥 선물한, 특별하지 않고 심지어 죽지도 않는, 이제 냄새마저 고약한 그저 그런 식물이었다.

　그렇게 내 악취 속에서 며칠을 살아냈고, 나를 지나가는 사람들은 코를 찡긋거리며 두리번거리기 일쑤였다. 그럴 때마다 그들에게 냄새가 나는 게 내 탓이 아니라는 걸 알려주고 싶었다. 나는 이런 취급을 받기 위해 선물로 보내진 식물이 아니라며 지나가는 이들을 설득하고 싶었지만 전혀 그럴 수가 없었다.

이제는 이 악취가 내 것이 아니라는 믿음이 나조차

희미해져서 지나는 이들에게 당당하게 외칠 용기가

없었다. 이 지독한 향기는 나의 것이 되어버린 것만

같았다.

애정

딸랑딸랑. 내 주인의 가게에서 식사를 마친 젊은 남녀가 가게 문을 밀고 나왔다. 남자가 여자에게 재킷을 입혀주었고 여자는 남자의 팔짱을 끼며 날씨가 부쩍 추워졌다고 말했다. 남자는 여자가 사랑스럽다는 듯이 볼을 잡아당겼고, 여자는 앙증맞게 짜증을 내며 남자의 뱃살을 잡아당겼다. 그렇게 장난을 치며 지나던 중, 여자는 나와 눈이 정면으로 마주쳤다. 여자는 발걸음을 멈추었고 나무처럼 내 앞에 우뚝 섰다.

"애는 지금 춥지 않나?"

놀라웠다. 누군가가 내 상태를 살핀다는 것이 꽤 생소했다.

"가게 사장님이 잘 모르시는 거 아니야? 얘는 안에 있어야 하는 애인데...."

여자가 발걸음을 쉽사리 떼지 못하자 남자는 사장님에게 말씀드리고 가자고 제안했다. 두 사람은 다시 가게에 들어갔고 한참 후에 검은색 비닐봉지를 들고 도로 나왔다.

"근데 어디서 지린내 안나?"

여자가 두리번거리며 킁킁대다가 문득 나를 보고는 내 몸 옆에 코를 댔다.

"어휴... 얘 냄새 난다...."

이게 도대체 무슨 상황인지 이해할 수는 없었지만

생의 첫 관심을 준 이 여자가 나에게서 나는 악취를 발견했다는 것에 마음이 저렸다. 나는 이미 구제 불능이었다.

남자가 비닐봉지를 반쯤 벌린 채로 어쩔 줄을 모르는 표정으로 여자를 바라보았다.

"그냥 가져가지 말까?"

남자가 여자에게 조심스럽게 물었다.

"아... 근데 가게 사장님이.... 딱 보니까 얘 그냥 밖에 계속 놔둘 것 같아."

여자가 결심한 듯 남자의 손에 있던 비닐을 집어 들었다.

"오빠가 살살 뽑아봐. 내가 비닐을 잡을게."

"알겠어."

남자는 하는 수 없다는 표정을 지으며 내 주변의 흙을 살살 파기 시작했다. 나는 당혹스러웠다. 한 번도 이 화분 밖에서 산 적이 없었는데, 이렇게 뽑혀 죽는 건가 싶었다.

게다가 남자의 손에 내 고약한 냄새가 묻어 없어지지 않는 건 아닌지, 처음 보는 이 두 사람이 나를 왜 화분에서 파내는 건지 알 수가 없어 공포감에 휩싸였다. 드디어 그토록 원하던 죽음을 맞이하게 된 이 순간, 예상했던 안도감과 해방감이 아닌 쓰디쓴 미련과 분노만 남는 것 같았다.

그러는 사이에 나는 송두리째 뽑혀 비닐에 담겼다. 내 뾰족한 머리 위로 비닐이 묶였고 나는 눈을 감았다. 6개월 전에 처음 기대감을 안고 덜컹거리는 어둠 속에서 중심을 잡으려고 애썼을 때와 별반 다르지 않았다. 한 가지 다른 건 나에게서 나는 이 악취뿐이었다.

애증

"지옥에 온 걸 환영해. 넌 금방 죽을 것 같다."

내가 두 번째 주인의 집에 오던 날, 지금 내 옆에 살게 된 납작하게 생긴 선인장이 했던 말이다. 더 이상 분홍색, 싸구려 리본 따위를 몸에 두르지 않아도 된다는 것조차 감사한 내게 지옥을 운운한 그 선인장에게 어이없는 웃음으로 화답할 수밖에 없었다. 불안하게 흔들리는 비닐봉지 속에 어슷하게 누워서 이 집까지 온 내게 할 말은 아니었다.

나는 새로운 주인의 집에 들어오자마자 정신이 혼미할 정도로 차가운 물에 몸이 씻겼다. 곧바로 플라스틱 화분에 흙을 채워 날 이사 시켰고 자신의 남자

친구와 귀여운 실랑이 끝에 나를 '행운이'라고 부르기로 했다. 여러 식물이 놓인 탁자 위에 나를 올려놓았고 그렇게 나는 새로운 주인에게 분양이 되었다.

이 집에는 식물이 많았다. 탁자 위에 함께 있는 식물들은 나를 절제된 반가움으로 맞이했고 여기서 살아남기 위해서는 우리 주인의 눈에 띄면 안 된다고 했다. 드디어 내게 관심을 가지는 주인을 만난 나로서는 전혀 이해할 수 없는 말들을 했다.

다른 식물들은 자신들이 각자 살아남으려는 동기를 얻기 위해 누가 이다음으로 죽을지를 서로 지목해서 도박 게임을 한다고 했다. 실제 도박에서는 가진 것을 걸겠지만 우리가 거는 건 자존심뿐이었다. 그리고 도박에서 이기는 것보다도 중요한 건 이를 통해 살고자 하는 각자의 의지를 지키는 것이었다. 이러한 일종의 게임이 생겨난 이유는 너무 부지런한 주인을 만난 죄로 인한 병, 일명 '과습' 때문이었다.

나의 새 주인은 대학생 새내기였다. 어린 그녀는 우리에게 자신을 '엄마'라고 칭했다. 대학교 옆에 작은 원룸을 월세로 빌려 사는 그녀는 삭막한 이 집의 공기가 싫다며 이 식물 저 식물을 무턱대고 들여놓았다.

역시 식물 중에서 키우기 만만한 건 선인장과 다육식물이었다. 사실 게으른 대학생에게 키우기 쉬운 식물이라며 늘 식물 가게 사장님이 추천했지만, 나의 엄마는 부지런했다. 어린 학생들이 한참 고심해서 선택해 간 식물은 목말라 죽기 일쑤였지만 엄마 집의 식물들은 목마를 틈이 없었다.

엄마의 사랑은 늘 흘러넘쳤다. 우리에게 늘 애정을 쏟았고 목이 마를까 봐 조마조마하며 시시때때로 작은 물조리개로 수분을 공급했다. 모든 화분에 영양제도 늘 꽂아 놓았고 매일 각 식물의 이름을 부르며 새로운 이파리가 났는지, 조금이라도 변한 곳은 없는지 관찰하고 또 관찰했다. 그녀의 과한 사랑은 독이 되어 이전에 여러 식물이 죽었다는 이야기를 옆 식물들에게 생생하게 전해 들었다. 손 한번 못써보고 '초록별'로 떠나간 식물은 무려 일곱이나 되었으며, 그들의 이름은 '스파키', '스테파니', '열정이', '사리', '우뚝이', '아바', 그리고 '푸릇이'였다고 한다.

내게는 푸릇이의 이야기가 가장 기억에 남았다. 푸릇이가 유일하게 흙에 심겨 있지 않았던 식물이라고 한다. 친구네 집에 놀러 갔다 온 엄마는 손에 작은 화병을 들고 왔고, 그 화병에는 짧은 식물 가지 하나가 위태롭게 담겨 있었다. 그 식물은 자신이 백향과 줄기라고 했다. 엄마의 친구가 기르는 백향과 나무에서 줄기 하나를 꺾어 준 모양이었다.

엄마는 푸릇이에게 온 정성을 기울였다고 한다. 해를 많이 봐야 한다며 해가 들어오는 쪽으로 매일 푸릇이를 옮기는 바람에 푸릇이는 늘 바뀌는 환경에 적응하기 바빴다. 매일 새로운 온도와 바람, 햇빛을 시시때때로 맞이해야 했던 푸릇이는 삶이 자꾸만 지친다고 토로했다고 한다. 줄기에 달린 이파리 세 개를 지탱할 힘이 없다며 이파리 하나둘씩 포기해 엄마의 마음을 애태웠다.

푸릇이는 어느새 이파리가 하나뿐인 상태였지만 온 힘을 다해 뿌리 한 줄기를 만들어냈다. 그러나 뿌리를 만드는 데 힘을 과하게 쓴 탓인지 남은 이파리마저

포기할 위기에 처했다. 안절부절못하던 엄마는 인터넷 블로그에서 발견한 방법으로, 먹다 남은 막걸리에 푸릇이의 비루한 뿌리를 퐁당 담갔다. 푸릇이는 마지막 힘을 다해 만들어낸 뿌리로 그 막걸리 물을 쭉쭉 빨아들일 수밖에 없었고, 또다시 새로운 물에 적응할 여력이 없었던 푸릇이는 스스로 포기를 하고 막걸리에 담긴 채 사망했다고 한다. 그 이후로 이 집의 모든 식물은 두려움에 떨기 시작했다. 살 의지를 잃지 않기 위해 서로 먼저 죽을 식물을 지목하기 시작했고 이번에는 모두가 도박을 건 식물은 나였다.

사랑

엄마는 나에게 온갖 정성을 쏟았다. 주워 온 식물이라서 그런지 손이 더 간다고 내게 말했다. '행운'이라는 이름이 그녀의 입에서 나올 때마다 나는 늘 헷갈렸다. 이 집에 오고는 늘 물에 흠뻑 젖은 나머지 이제 썩기 시작한 내 뿌리를 생각하면 이게 행운인가 싶었다. 함께 사는 동료들은 이미 나를 죽은 식물 취급했고 누군가를 또 잃는 슬픔을 모면하기 위해 나와 친해지지 않으려고 했다. 그런데 모든 기억을 아무리 샅샅이 뒤져봐도 지금만큼 행복했던 때는 생각나지 않았다.

엄마는 아침에 일어나면 화장실에 들어가 한참을 씻고 단장한 후에 나와서 물 한 잔을 마셨다. 그러고는 우리를 하나씩 들여다봤다. 가장 끝에 놓여있는 나는 늘 그녀의 마지막 시선을 받았다.

그 시간 동안만큼은 내 모든 것을 그녀에게 보여주려고 노력했다. 키가 더 커 보이게끔 조금 더 허리를 펴려고 노력했고 뿌리가 습기에 차서 곧게 서 있는 것조차 힘들고 아팠지만 더 힘 있게, 우뚝 하늘로 솟아오르려고 했다.

"행운아, 미안해. 목말랐지?"

그녀는 내게 물을 준 지 일주일이 채 안 되었는데 겉흙이 살짝 마른 것을 확인하고는 내가 담긴 흙을 물에 흠뻑 적셔주었다. 마르기는커녕 배수가 제대로 되지 않아

내 뿌리는 질퍽한 흙 속에서 썩고 있었다. 그렇지만 나는 엄마가 졸졸 부어주는 물에 온 감각을 집중했다. 살짝 차가운 물이 흙 속으로 더 질펀하게 스며들어 내 뿌리를 감쌌다. 제 역할을 하지 못하고 있는 뿌리로 필요하지 않은 물을 최대한 많이 빨아들였다. 이런 관심과 사랑은 내게 너무나 과분한 행운이었다.

이 집에 온 지 두 달이 채 안 되었는데 나는 내 몸이 더 이상 버티지 못한다는 걸 감지했다. 팽팽하게 서 있던 내 몸은 모두 쭈글쭈글하고 검게 변했다. 나를 발견한 엄마는 걱정스러운 표정으로 내 영양제를 바꿔주었고 고무줄로 내 몸을 나무젓가락에 묶어 지탱해 주었다.

엄마의 손길은 늘 조심스럽고 부드러웠다.

변한 외관을 보고 내 뿌리 상태를 감지한 옆 식물들은 마치 내 장례식에 와 있는 듯한 엄숙한 분위기로 대화했고 마치 내가 없는 것처럼 이 상황에 관해 이야기했다. 대화의 소재는 안타깝게 명을 달리한 자의 여느 장례식과도 같았다. 먼저 간 가엾은 이를 애도하는 조심스러운 말투, 비통하지만 어쩔 수 없었던 이 일에 관해 토론하는 사뭇 조용한 분위기. 말할 힘조차 없어진 내가 할 수 있는 거라고는 영정 사진의 주인공처럼 그들을 바라보는 것뿐이었다.

마침내 나는 눈을 감았고 심겨 있던 화분 속의

흙과 별반 다르지 않은 존재가 되어버렸다. 갈색으로 변해 축 늘어진 내 잔여물을 보며 다른 식물들은 안타까워하면서도 자신의 뿌리가 아닌 내 것이 먼저 썩어 녹아내렸다는 사실에 서로 절제된, 엄숙한 기쁨을 나눴다. 그리고 다음 식물을 바로 지목하기 바쁜 그들은 역시나 알지 못했다. 이 게임의 진정한 승리자는 나였다는 걸.

한 단어가 One word

삶의 모든 무게와 고통에서 frees us

우리를 자유롭게 한다. of all the weight and pain in life.

그 단어는 **사랑**이다.

That word is Love.

- 소크라테스